CB020029

Lee Stannel

Parabéns a Você

DIFUSÃO
CULTURAL
DO LIVRO

Copyright © 2004 Lee Stannel.

Editora
Eliana Maia Lista

Assistência editorial
Daniela Padilha

Capa, projeto gráfico e diagramação
Clayton Barros Torres

Revisão de texto
Ana Paula dos Santos
Janaína Mello

Supervisão Gráfica
Roze Pedroso

Crédito das imagens
Getty Images
p. 08: Stuart McClymont; p. 12: Gary Buss; p. 20: Timothy Shonnard
p. 23: Yellow Dog Productions, Inc.; p. 32: Erik Dreyer; p. 34:Kevin
Mackintosh; p. 39: Peter Lilja Medlevagen; p. 41: Martin Meyer;
p. 44: Ryan McVay; p. 46: Burke/Triolo Productions/Botanica;
p. 57: Marina Jefferson.
Stock.xchng
p. 21.
Istock Photo
Páginas 6, 9, 10, 11, 13, 14, 16, 17, 22, 24, 25, 26, 27, 28, 30, 35, 37, 38,
42, 43, 49, 51, 53, 55.
Dreamstime
Capa.

Dados Internacionais de Catalogação na Publicação (CIP)
(Câmara Brasileira do Livro, SP, Brasil)

Stannel, Lee.
   Parabéns a você / Lee Stannel. —
São Paulo : DCL, 2004.

ISBN 85-7338-902-8

1. Aniversário 2. Auto-ajuda - Técnicas
3. Conduta de vida I. Título.

04-6030   CDD – 394.2

Índices para catálogo sistemático:

1. Aniversário : Comemoração : Costumes   394.2

1ª edição: 2004.
1ª reimpressão: março de 2005.

"*É preciso lembrar que a vida começa todos os dias. E que é sempre tempo de fazê-la melhor.*"

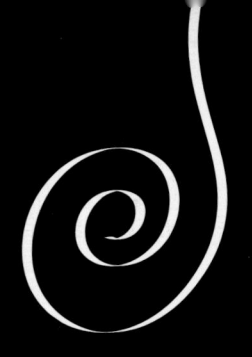

Finalmente chegou o seu aniversário.

Comemore! Você acaba de viver mais 365 dias.

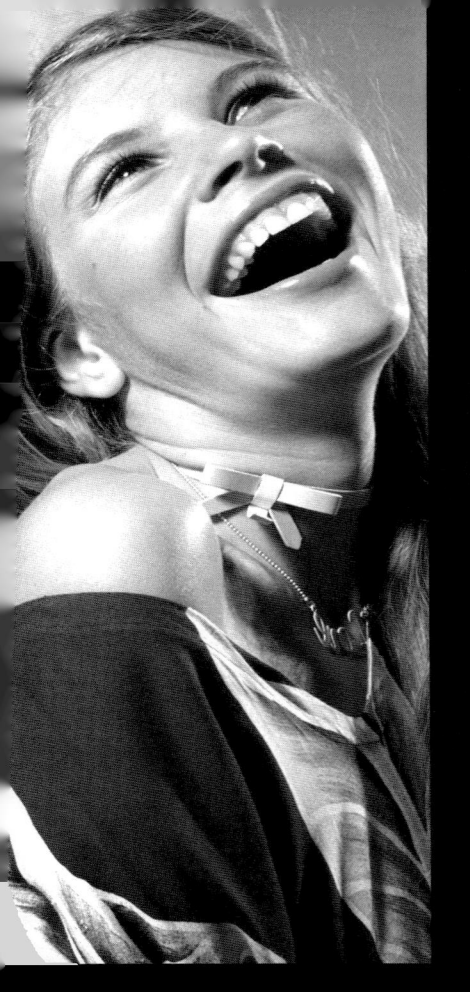

Eu sei que falar em números numa hora dessas não é muito agradável...

Mas deixe
isso pra lá!
Festeje! Brilhe!
Hoje (e sempre)
você é a
estrela.

Não se preocupe
com a idade.
Aproveite cada segundo!

Reúna os amigos,

a família,

194

até seu
bicho de
estimação!

Brinde a vida!

Retire um
momento só
para você.

Faça tudo o que você tem vontade de fazer e não faz por falta de tempo.

Olhe para o céu, invente figuras.

Ande na chuva.

Beije muito!

Coma milhões
de chocolates.

Se dê presentes.
Você merece o melhor.
Sempre!

Aproveite esse momento para fazer um balanço da sua vida.

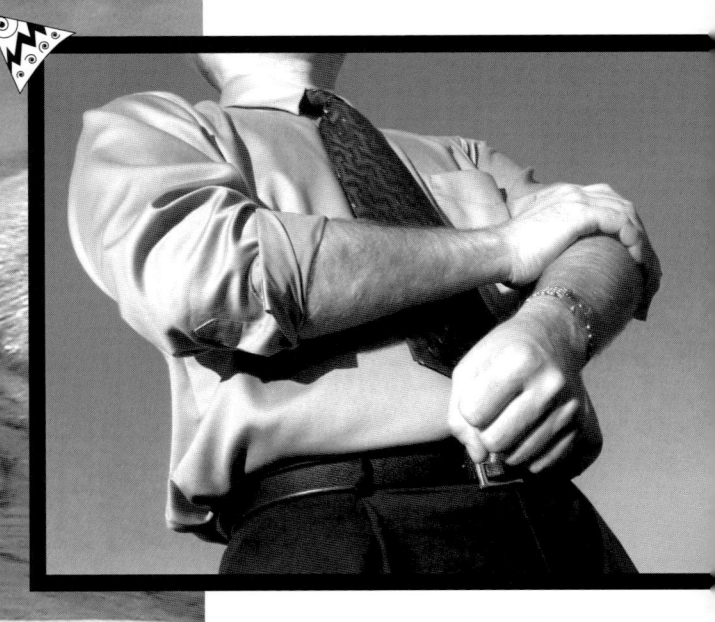

Talvez seja a hora de retomar aquele projeto engavetado.

De renovar o amor de sua vida.

De perceber o quanto está cercado por pessoas especiais.

Dê grandes saltos na vida.
Arrisque-se.

Aproveite cada segundo:

leia bons livros,

assista ao filme que gosta,

chore sempre que
tiver vontade.
Até com a propaganda
de cartão de
crédito!

Sem pensar na
fatura que você
tem para pagar,
é claro.

Cante.

Pense nas coisas boas que viveu até hoje.

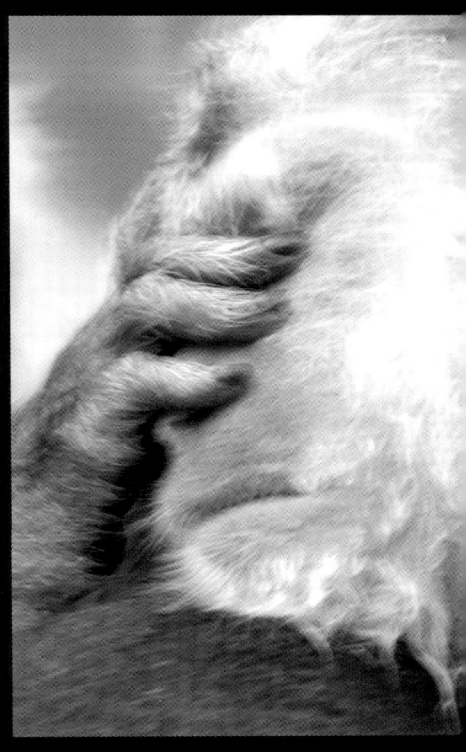

E por mais que pareça impossível, tente esquecer tudo o que lhe faz mal.

Quando tiver vontade,
boceje!

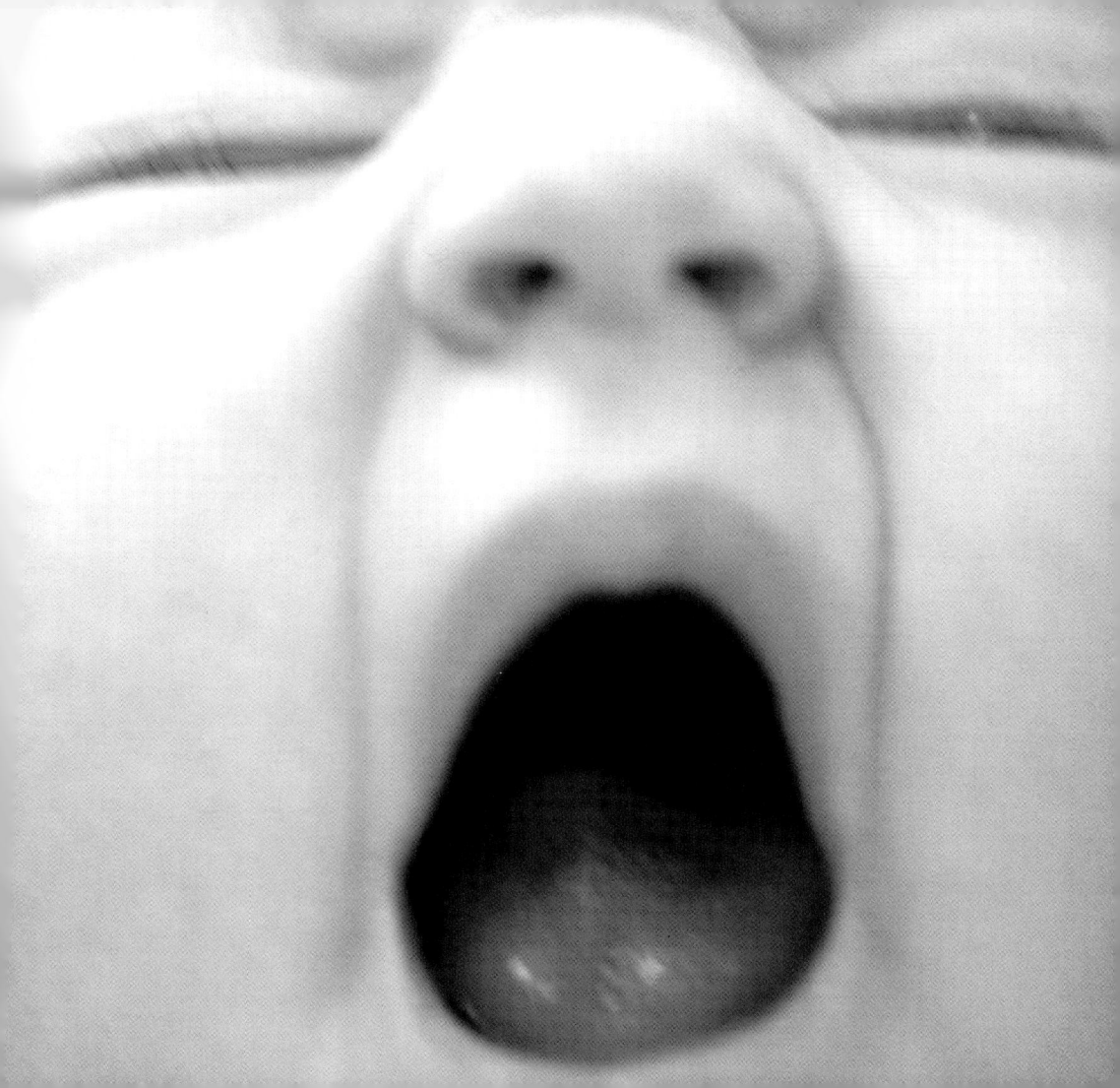

Dê gargalhadas.

Não se preocupe muito com a sua aparência.
Preocupe-se só com a sua saúde.

Conserve os amigos.
Muitos o acompanharão
pelo resto de sua vida.

Não crie
expectativas.
Aproveite
as surpresas
da vida.

O estresse torna as pessoas amargas.

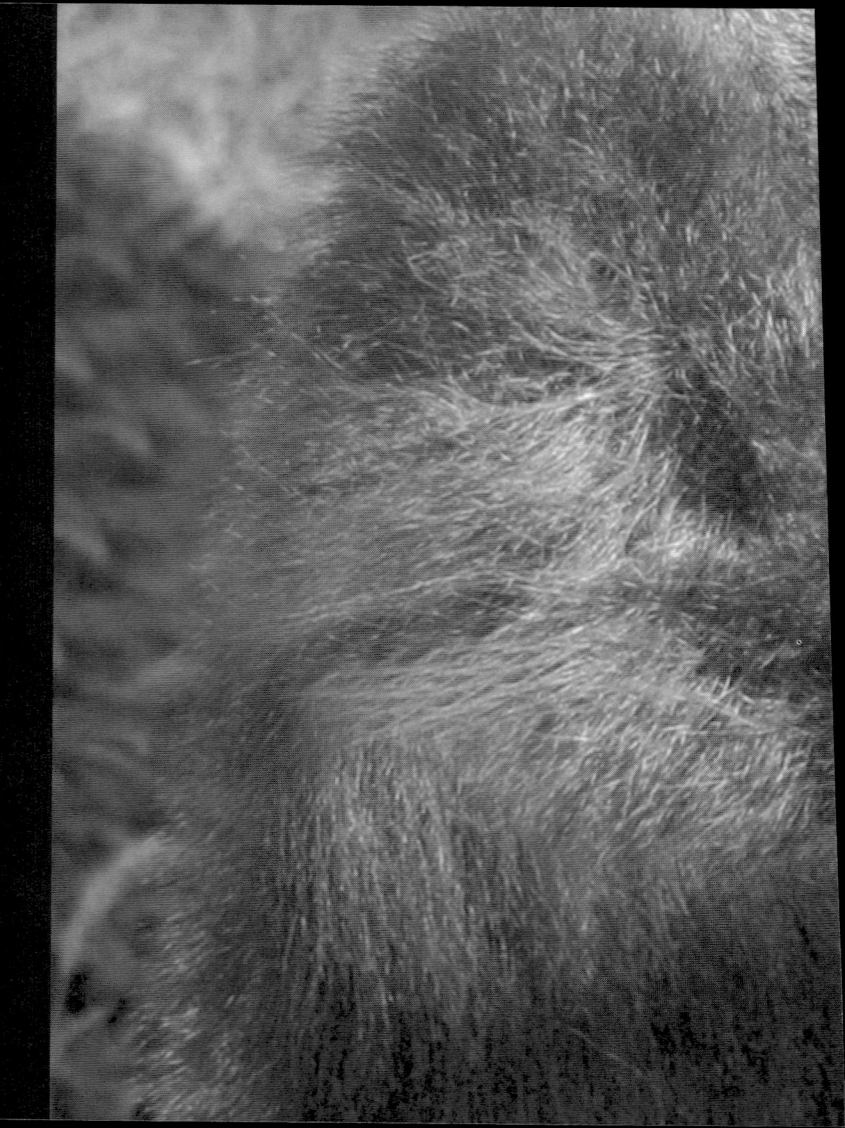

Relaxe.

Viva a vida com intensidade.

E quando você menos perceber, já terão passado mais 365 dias.

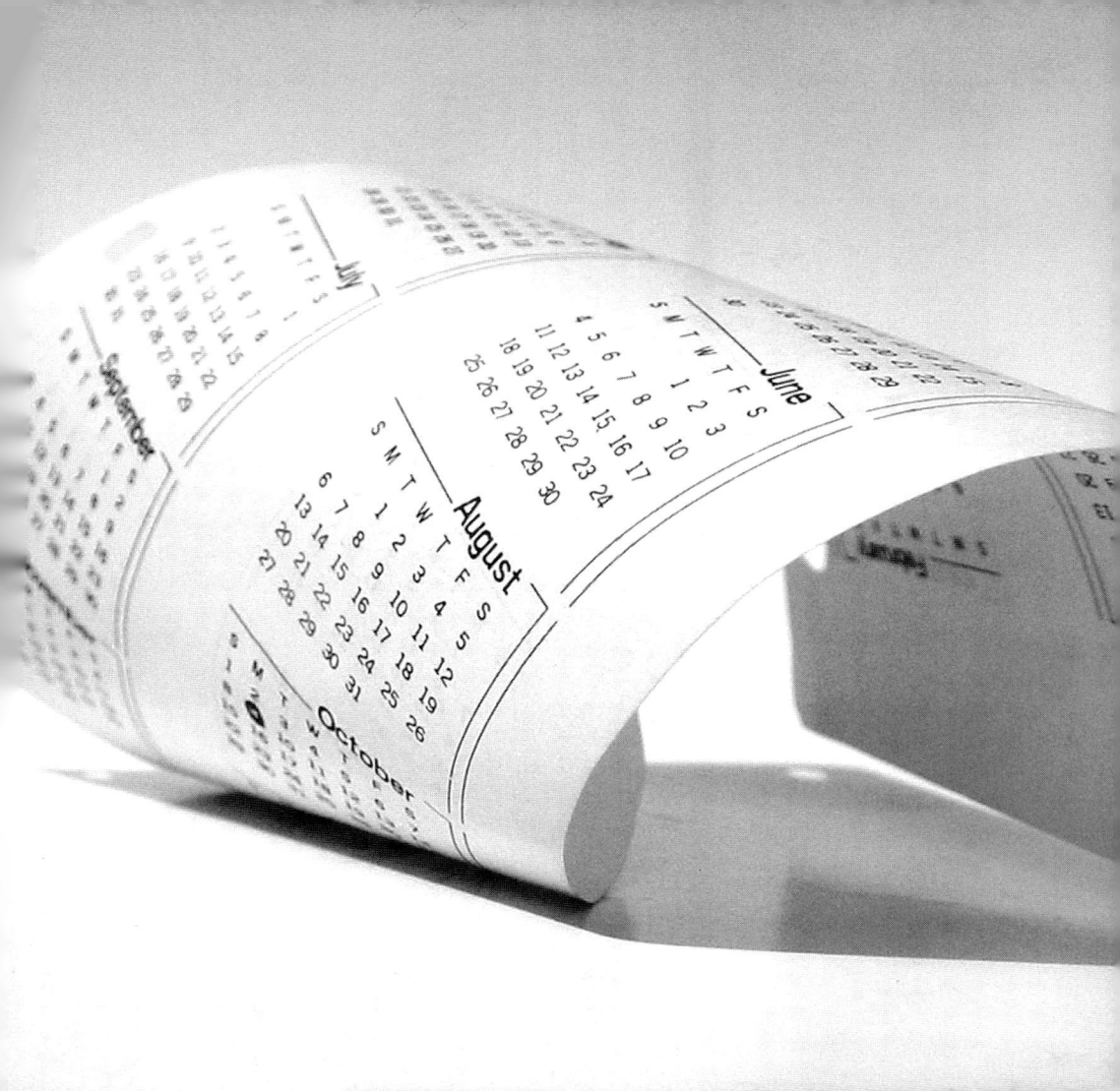

E será novamente a
hora de viver...
...um feliz
aniversário!